AF371002

Objets d'Art
de la Chine et du Japon

Juin 1911

Objets d'Art
de la Chine et du Japon

✣ ✣ ✣

ESTAMPES — LIVRES JAPONAIS
CÉRAMIQUE — BRONZES — ÉMAUX PEINTS
ET CLOISONNÉS — BOIS SCULPTÉS ET INCRUSTÉS — IVOIRES
ET PIERRES DURES
ÉVENTAILS — MEUBLES — ÉTOFFES BROCHÉES
ET BRODÉES — KAKEMONOS
ET PEINTURES DIVERSES — GARDES DE SABRE

---

dont la vente aura lieu

LE MERCREDI 14 JUIN 1911

à 2 heures

HOTEL DROUOT, SALLE Nº 7

Commissaire-Priseur	Expert
Mᵉ FLAGEL	M. ANDRÉ PORTIER
20, Boulevard Poissonnière	*24, Rue Chauchat*

CHEZ LESQUELS SE DISTRIBUE LE PRÉSENT CATALOGUE

EXPOSITION PUBLIQUE

Le Mardi 13 Juin 1911, de 2 heures à 6 heures

CONDITIONS DE LA VENTE

Elle sera faite expressément au comptant.

Les acquéreurs devront payer 10 p. o/o en sus des enchères.

L'Exposition mettant le public à même de se rendre compte de l'état des objets à vendre, il ne sera admis aucune réclamation, l'adjudication prononcée.

DÉSIGNATION

ESTAMPES JAPONAISES

1. — Tori-i Kyomassou. Format hoso-ye. Couple devisant, la femme assise sur une tortue marine.

2. — Tori-i Kiyohiro. Format petit hoso-ye. Jeune courtisane en promenade. Impression deux tons, vert et rose.

3. — Tori-i Kyotsune. Format hoso-ye. Courtisane en promenade, la robe richement décorée d'un semé d'iris.

4. — Harounobou. Format hoso-ye. Courtisane, un éventail à la main, sous une branche de prunier fleuri.

5. — —— Jeune seigneur, un long sabre au côté.

6. — Harounobou. Format hoso-ye. Dieu du bonheur, le torse nu, occupé à sa toilette, aidé par une servante.

7. — Tori Kiyonaga. Format hauteur. Jeune garçon accroupi, la robe richement décorée de mon de grues, jouant de la flûte. Cachet Hayashi.

8. — —— Trois jeunes femmes font danser deux fillettes habillées en danseuses.

9. — —— Quatre garçons, jouant une pantomime, accompagnés par deux femmes.

10. — —— Jeune garçon accroupi, la robe à décor de casques, frappant sur un taïko.

11. — Toyokouni. Grand format hauteur. Un samuraï et une poétesse regardant un homme qui tient un singe.

12. — —— Deux danseuses, dont l'une tient un taïko, sont arrêtées près d'un pin.

13. — —— Couple dans un médaillon.

14. — —— Courtisane, la robe richement décorée, se promenant, une lanterne à la main.

15. — —— Trois estampes représentant des scènes d'acteurs.

16. — Yeishi. Grand format hauteur. Courtisane au milieu de ses servantes.

17. — Kounisada. Petit format hauteur. Femme accroupie devant une habitation, un livre à la main.

18. — — Grand format hauteur. Un homme au kimono bleuté, portant une grande lanterne.

19. — — Format étroit hauteur. Petite habitation dans la neige.

20 — Keisaï Yeisen. Petit format hauteur. Martin-pêcheur sur une branche fleurie.

21. — — Grand format hauteur. Courtisane debout devant une haie fleurie. Impression bleue.

22. — — Petit format carré. Cache-pot, jardinière et arbre nain.

23. — Hiroshige. Grand format largeur. Vue de Yedo. Le grand Tori-i.

24. — —— Série des poissons. Le crabe et le maquereau.

25. — —— Scène de lutte.

26. — — Format étroit hauteur. Canards sous une branche fleurie.

27. — —— Oiseau de paradis au milieu des fleurs.

28. — — Format hauteur. Cinquante-deux planches des vues de Yédo.

29. — — Diptyque. Vue de la presqu'île d'Enoshima.

30. — — Format largeur. Les barques au port.

31. — Shunsho. Format hauteur. Un acteur, la jupe relevée, élève une longue cravache.

32. — —— Acteur, devant un palanquin, un sabre nu à la main.

33. — Shunyei. Grand format hauteur. Acteur vêtu d'un long kimono noir rayé blanc.

34. — Hokousaï. Format étroit hauteur. Deux hommes aux longs bras se font la chaîne.

35. — — Format hauteur. Deux grues près d'un pin.

36. — — Format largeur. Deux hommes aux longs cheveux roux tombant sur leur dos, l'un accroupi jouant de la flûte, l'autre tenant un maillet et un éventail.

37. — — Grand format largeur. Série des ponts. La fête de nuit.

38. — —— Le pont sous la neige.

39. — —— Le pont mi-pierre, mi-bois.

40. — —— Série de 36 vues. Le Fuji se reflétant dans le lac.

41. — —— Le Fuji, à travers les arbres en fleurs.

42. — —— La barque traversant le courant.

43. — —— Le Fuji à travers les troncs de pins.

44. — —— Le Fuji dans la roue du tonnelier.

45. — —— Le Fuji vu par le beau temps.

46. — —— Le retour des bœufs chargés de fagots.

47. — —— La fête des cerisiers en fleurs.

48. — — Grand format hauteur. Série des cascades. Huit estampes formant la série complète, quelques-unes provenant de la vente Gillot.

49. Gakouteï Harounobou. Format étroit hauteur. Une branche fleurie.

50. — Outamaro. Grand format hauteur. Buste de courtisane, un linge entre les dents. Cachet Koboyashi.

51. — —— Jeune femme en long kimono vert promenant son enfant qui joue avec deux petits chiens.

52. — —— Jeune femme en riche costume, debout près d'une table à écrire.

53. — —— Courtisane en promenade.

54. — —— Courtisane se promenant accompagnée de sa kamouro.

55. — —— Jeune femme en kimono cerise apportant son sabre à un jeune seigneur debout à ses côtés.

56. — —— Jeune femme en kimono violet, tenant un petit chien.

57. — —— Jeune femme au kimono chamarré, servant le thé (Kikumaro).

58. — — Triptyque. Futami no ura. Jeunes femmes, les kimonos retroussés, partant pour la pêche.

59. — —— Jeunes femmes occupées à la pêche aux huîtres perlières.

60. — — Petit format hauteur. Buste de courtisane.

61. — — Grand format hauteur. Bustes de courtisanes aux kimonos noirs.

62. — —— Jeune mère ouvrant des caisses de jouets devant son enfant.

63. — Yeizan. Grand format hauteur. Courtisane, la robe richement décorée de poissons, se promenant devant une haie.

64. — —— Deux jeunes filles se promenant, enlacées.

65. — —— Courtisane debout, la robe décorée de mon de fleurs stylisées.

66. — —— Deux estampes représentant des courtisanes.

67. — Fusatane. Paysage maritime sous la pluie.

68. — Tokouyen. Personnage au long crâne chauve, s'abritant de la pluie.

69. — Kakunen. Courtisane en kimono vert, un éventail à la main.

70. — Nacho ? Scène de théâtre.

71. — Hyakunen. Courtisanes en promenade.

72. — Roko. Acteur en kimono noir.

73. — Shojo-kyosaï. Personnages en ombre chinoise.

74. — Ten-Min. Grue.

75. — Keï-bun. Petit oiseau sur une branche de pêcher.

76. — Kagaku. Personnage tenant une branche fleurie.

77. — Toitsu. Scène de combat.

78. — — Dans la rizière.

79. — Hokuga. Daikokou traînant un énorme navet.

80. — Inconnus. Daikokou en train de bêcher.

81. — — Conseil de daïmio. Style de Tosa.

82. — — Fabricants d'instruments de musique.

83. — Divers. Série de 25 estampes, format nagaye, de divers maîtres, principalement Outamaro.

84. — Shunzan. Petit format carré. La ronde des rameaux fleuris.

LIVRES JAPONAIS

HOKOUSAI (Katsou-Shika)
(1759-1849)

85. — Hokousaï. « La Mangwa ». Ouvrage complet en 14 volumes de tirages divers.

86. — — Même ouvrage. Livres 1, 2, 3, 6, 8, 9, 10, 12, 13, dont quelques-uns en tirages anciens.

87. — —— Livres 1 et 12.

88. — — « Fougakou Hiakkeï ». Trois volumes illustrés en noir représentant cent vues du mont Fuji.

89. — — Même ouvrage. Deux fois le 1er volume et le 2e.

90. — — « Yehon Tochicen gozon gekkou ». Trois volumes reliés en un seul. Illustration des poèmes à cinq caractères par vers, de la dynastie des Tang.

91. — — « Yehon onma unagawa ». Un volume illustré en noir. Scènes d'intérieur et de la campagne.

92. — — Même ouvrage.

93. — — Album de fleurs et oiseaux, illustré en couleurs.

94. — — Album de paysages, illustré en couleurs.

95. — — « Denshin gwa kiyo ». Dessins reflétant du cœur (dessins d'imagination), par Hokousaï, 1813. 1 volume illustré en noir.

96. — — « Yehon kioka yama mata yama ». 3 volumes illustrés en couleurs. Vues des différents endroits prises de la partie de Yedo, nommée Yama.

97. — — « Ozouma assobi ». Promenades d'Azouma (Yédo). 3 volumes illustrés en couleurs.

98. — — « Toto sho-keï Itshiran ». 2 volumes illustrés en couleurs. Coup d'œil sur les beaux sites de Yédo.

99. — — Même ouvrage.

100. — — Même ouvrage.

KEISAI-YEISEN
(1791-1848)

101. — Keisai Yeisen. « Keisaï Gwafou ». Recueil de dessins du genre impressionniste. Cinq volumes illustrés en couleurs.

CÉRAMIQUE

102. — Un pot à thé cloisonné sur porcelaine décoré sur fond turquoise de shi-shi et de papillons en émaux polychromes. Haut. 20 cm.

103. — Petite théière trépied en porcelaine de Satsouma, décor polychrome rehaussé d'or.

104. — Petit vase porcelaine de Chine décoré de fleurs et de rochers.

105. — Petit brûle-parfums en ancienne porcelaine d'Imari.

106. — Petit pot à thé, porcelaine de Chine.

107. — Pot couvert en porcelaine du Japon décoré sur fond bleu de palmes dans le style mauresque.

108. — Très belle petite coupe trilobée en porcelaine flammée, à joli décor bleu et vert, socle bois. Epoque Kienlong (1736-1795).

109. — Porte-pinceaux en porcelaine à décor polychrome. Epoque Tao-Kouang.

110. — Soucoupe vieux bleu en forme de feuille de nénuphar.

111. — Petit encrier en porcelaine polychrome, le godet étant décoré du mon du bonheur. Epoque Kienlong.

112. — Petite boîte décor bleu et blanc, portant deux zones cloutées. Au dos symbol en forme de losange.

113. — Petite gourde avec anses détachées, décoré bleu et blanc.

114. — Petit vase craquelé à panse surbaissée, deux anses surmontées de têtes chimériques, décoré sous couverte de motifs de fleurs. Epoque Ming. Cachet Suen-té (1426-1436).

115. — Jolie petite coupe basse clair de lune.

116. — Très belle bouteille minuscule finement teintée de rouge. Jolie pièce.

117. — Deux boîtes à fard, décor de fleurs. Cachet au dos.

118. — Deux plaques à décor d'iris et de nénuphars. Famille rose.

119. — Deux grands vases allongés en jolie porcelaine de Canton, décorés sur fond jaune impérial de rinceaux fleuris polychromes, à dominante rose.   Haut. 60 cm.

120. — Deux grandes figurines style Ming à décor polychrome.
Haut. 65 cm.

121. — Deux vases porcelaine turquoise, montés en lampes électriques avec fine garniture de bronze doré.
Haut. 65 cm.

122. — Petite potiche en porcelaine d'Imari portant en creux deux médaillons décorés en relief de scènes de personnages.   Haut. 34 cm.

123. — Deux grandes potiches porcelaine de Chine, décorées sur fond noir d'un semé de fleurs polychromes, le vert des feuilles dominant. Sur la panse sont réservés d'un côté un médaillon de personnages, de l'autre les armes d'une ville. Très belles pièces décoratives.
Haut. 1 m. 50. Larg. 70 cm.

BRONZES

124. — Statuette de boudha assis, une tablette de prières entre ses mains jointes.

125. — Petit groupe en bronze représentant un crabe géant saisissant et pinçant fortement un personnage, qui paraît trouver la plaisanterie de fort mauvais goût.

126. — Petit brûle-parfums en bronze Sentokou décoré sur la panse de médaillons d'oiseaux et de fleurs en haut relief. Deux anses têtes de taoties et couvercle ajouré surmonté d'une chimère.

127. — Petit vase à jolie patine rougeâtre décorée sur la panse d'une zone d'arabesques sur fond finement gravé. Au

col et au pied zone de grecques. Anses à têtes de chimères.

128. — Grand brûle-parfums trépied à jolie patine brune richement décoré sur la panse de rinceaux fleuris. Le haut des pieds forme trois têtes de taoties. Anses ajourées formant deux salamandres. Couvercle décoré de rinceaux en haut relief et ajourés, surmonté d'un fruit renversé à graines mobiles. Jolie pièce décorative.

129. — Gros éléphant en bronze, richement caparaçonné d'un dais et d'une draperie en émaux cloisonnés.

130. — Grand vase en bronze, imitant la poterie, merveilleusement décoré de nombreuses zones d'arabesques, portant deux anses ajourées et surmonté d'un couvercle sur lequel est juchée une chimère. Socle fixe même métal. Jolie pièce d'un grand effet décoratif.

Haut. 80 cm.

131. — Cloche bouddhique en bronze d'argent décoré d'une fine zone de palmes et d'ornements bouddhiques. Manche bronze doré.

132. — Très beau petit vase à panse aplatie en bronze à jolies traces de patine verte, nielle d'or et d'argent. Deux anses en têtes de taoties à anneaux mobiles. Epoque Ming.

133. — Joli brûle-parfums minuscule en forme de boule sur un trépied. Le couvercle est surmonté de trois petites chimères. Jolie patine rougeâtre. Epoque Ming.

134. — Vase Tsio. Petite vache, jolie patine verdâtre.

135. — Petit attribut bouddhique en bronze doré.

136. — Très beau vase en bronze rouge finement niellé d'argent, décoré sur les quatre faces du caractère du bonheur en relief d'or. Sur les quatre faces également anses en forme de têtes de taoties. Très belle pièce portant le cachet : « Grande période Ming. Epoque Suen-te » (1426-1436).

137. — Collection de 45 gardes de sabre anciennes (sera divisée).

ÉMAUX PEINTS ET ÉMAUX CLOISONNÉS

138. — Jolie tasse en émail peint sur porcelaine portant sur un fond bleu un décor de dragons dans les nuages.

139. — Petite boîte en émail peint sur cuivre, décorée sur fond rose de rinceaux fleuris. Jolie pièce portant le cachet : Kienlong, xviiie siècle.

140. — Chauffe-main en émail sur cuivre, d'une jolie tonalité jaune avec réserve de médaillons finement décorés d'animaux et de fleurs.

141. — Une bouteille plate décorée sur cuivre sur une des grandes faces d'un groupe faisant de la musique, sur l'autre d'un groupe contemplant le vol d'une grue, sur les deux petites faces de motifs fleuris. Très bonne pièce.

142. — Petit brûle-parfums cloisonné décoré sur fond turquoise de symboles et d'attributs. Cachet au dos.

143. — Très joli petit brûle-parfums, sans couvercle, en émaux cloisonnés sur cuivre, décoré sur fond turquoise de rinceaux fleuris polychromes. Au dos beau cachet : Kienlong (1736-1795).

144. — Deux chandeliers représentant des canards en émaux blancs cloisonnés. Jolies pièces très décoratives, style Kienlong.

145. — Plat cloisonné décoré d'oiseaux et de fleurs ; l'envers joliment orné de motifs en spirale sur fond turquoise.

Diam. 30 cm.

BOIS SCULPTÉS ET INCRUSTÉS

146. — Deux petites statuettes de culte en bois laqué et doré.

147. — Un porte-cartes en bois de santal, finement sculpté de personnages au milieu des bois.

148. — Un étui à pipe formé de multiples tiges de bambous sur lesquelles est appliqué un escargot en métal.

149. — Boîte rectangulaire en bois naturel, muni de ferrures. Sur le couvercle, un perroquet, sur la barre de son perchoir avec des ustensiles divers en nacre, poterie, laque, etc. Ecole de Ritsuo.

150. — Un plateau en bois naturel décoré d'une touffe de nénuphars en laque d'or, une fleur supportant une petite tortue, l'autre une libellule en fines incrustations de nacre.

151. — Boîte quadrangulaire en laque d'or décorée de deux canards dans les roseaux, l'un la tête enfouie dans l'eau poursuivant un poisson. XVIIIᵉ siècle.

152. — Bel inro à quatre cases en laque d'or décoré en relief de shibuitchi, or et argent, du ménage Taka-Sogo, les Philémon et Beaucis japonais. Jolie pièce. Netzuke ivoire.

Signée : *Ko-ru.*

153. — Boîte bivalve en laque rouge de Pékin, sculptée de deux poissons unis, un des huit emblèmes bouddhiques, celui de la félicité domestique.

154. — Boîte en laque rouge de Pékin, finement sculptée sur un fond de grecques, d'arabesques et de médaillons de fleurs.

155. — Deux boîtes triangulaires s'encastrant l'une dans l'autre décorées sur fond de laque vert d'ornementations et de chauves-souris rouges.

156. — Très belle boîte ronde côtelée cloisonnée sur fond de laque rouge d'un grand dragon au milieu d'un fin semis de fleurs.

157. — Couvercle de boîte en bois de fer sculpté décoré de caractères en argent incrusté.

MEUBLES

158. — Deux grandes étagères en bois de fer, à cinq tablettes,
celle du haut légèrement relevé sur les côtés mainte-
nues par des petites galeries ajourées. Jolis meubles
bien exécutés.   Haut. 1 m. 40. Larg. 70 cm. Profond. 32 cm.

159. — Grand cabinet étagère très finement sculpté, comprenant un grand nombre de planchettes, deux tiroirs et
trois coffres fermant à clef, dont les portes sont décorées de personnages et de fleurs en haut relief : le
meuble est surmonté d'une tête de dragon ; les planchettes étagères sont entourées de fines galeries ajourées, tendu de soie rouge brochée. Très belle pièce.
    Haut. 1 m. 70. Larg. 1 m. 02. Profond. 40 cm.

160. — Une table support en bois de fer sculpté, dessus de
marbre rose.   Haut. 80 cm.

161. — Deux grands fauteuils bas, entièrement couverts de soie
bleue richement brodée en camaïeu. Frange et glands
assortis.

162. — Un bandeau de cheminée Gobelin, fond gris argent,
représente deux dragons affrontés séparés par une
grande rosace de fleurs vieil or.

163. — Grand cabinet en laque noir. Les deux portes richement
décorées d'un coq et d'une poule au milieu de bou-
quets de fleurs. Riche ferrure finement ciselée. Décor
de laque d'or à l'intérieur des portes et sur les tiroirs.
Grande table support en bois de fer sculpté et ajouré.

IVOIRES ET PIERRES DURES

164. — Petit masque en ivoire, type de Rachômon, la bouche
largement fendue garnie de deux crocs.

165. — Netzuké représentant Hoteî accroupi contre son sac : le
dessous formant cachet.

166. — Petit encrier en ivoire, sculpté en forme de rose épanouie, le couvercle formant une feuille sur laquelle est posée un grillon.

167. — Statuette moderne, en ivoire, représentant un personnage soulevant un coquillage dit « trompe de pirate ».
Haut. 17 cm.

168. — Netzuké en ivoire teinté, représentant deux personnages minuscules soulevant une lourde tige de nénuphar.

169. — Statuette en belle lardite teintée, représentant un dieu, une pêche de longévité à la main. Haut. 15 cm.

170. — Petite coupe en jade gris, joliment évidée, portant une anse ajourée en tête de taotie. Socle bois de fer.

171. — Petit cube en jade blanc, surmonté d'un singe sculpté et ajouré, le tout en forme de cachet.

172. — Petit pendentif en joli jade blanc, imitant un fruit sur une feuille.

173. — Vase en jade blanc, portant deux anses ajourées en forme d'hippocampe. Les deux faces aplaties sont gravées de deux palmes séparées par une zone de têtes de taotie. Haut. 15 cm.

174. — Joli « sampang » sculpté à jour, portant deux personnages, sculptés dans la masse, occupés à la manœuvre. Le dessous de la barque finement gravé imite les flots.

175. — Petit cachet carré en jade vert foncé surmonté de deux salamandres se détachant en haut relief.

176. — Autre cachet similaire au précédent en pierre dure vert céladon, également surmonté d'une salamandre.

177. — Joli coupe-papier, monture argent doré en jade vert émeraude d'une superbe couleur.

178. — Porte-pinceaux en cristal de roche, imitant des monts. Socle bois sculpté.

179. — Petite tabatière en verre peinte intérieurement d'un paysage.

180. — Grand collier comprenant cent sept perles d'ambre séparées par trois grosses boules de jade vert transparent. La partie centrale formant pendentif comprend trois autres pièces de jade vert émeraude montée d'une jolie garniture filigranée argent. A droite et à gauche pendent dix grains de corail supportant deux jolies pierres de couleur également filigranées d'argent. Très belle pièce.

181. — Autre collier portant cent quatre boules d'ambre divisées par trois boules ajourées à motifs de dragons en pierre d'un joli vert tendre. Comme dans le précédent, la parure centrale est formée de trois jolies pièces ajourées et sculptées sur filigrane argent doré, entre deux pendants de boules de jade, quartz et améthyste supportant deux pierres de couleur.

182. — Très beau diadème représentant deux dragons filigranés se disputant la perle sacrée, le tout ornementé de jolies plumes d'oiseaux de paradis et de martins-pêcheurs.

183. — Épingle de chevelure formée d'un dragon à corps de vraies perles minuscules et ornements de corail et de plumes d'oiseaux bleues.

ÉVENTAILS

184. — Une monture laque rouge sculpté, des sages dans la forêt de bambous.

185. — Une monture en bois de fer joliment décoré de fleurs et d'oiseaux, nacre polychrome.

186. — Deux éventails, monture ébène décoré de niellages d'argent, représentant d'un côté des paysages en ors polychromes, de l'autre des caractères.

187. — Deux éventails, monture bois sculpté de paysages décorés de vues de temples sur la rivière. Garniture ivoire.

188. — Un joli éventail en bois sculpté à jour, décoré d'un
motif à douce tonalité, de roses et de glycines.

189. — Un très bel éventail en bois laqué rehaussé de jolies
applications de laque d'or et de nacre, décoré d'un
long cortège se promenant le long de la rivière, et sur
l'autre face de poissons et de fleurs de pêchers. Cachet.

ÉTOFFES BROCHÉES ET BRODÉES

190. — Une robe fond rouge orangé, richement brodée de
fleurs et de papillons en bleus camaïeux. XVIIIe siècle.

191. — Carré de soie bouton d'or brodé d'un médaillon de dragon, de fleurs et d'oiseaux polychromes.   1 m. 50.

192. — Devant de cheminée en soie cerise entouré d'une bande
bleue brodée, décoré d'oiseaux de Ho, au milieu des
pivoines fleuries, or et polychromes. Longue frange
à glands.   110 cm.

193. — Deux portières fond crème richement brodées en
relief de branches de chrysanthèmes polychromes et
d'oiseaux, en très douces tonalités : doublées soie.
Haut. 2 m. 80. Larg. 1 m.

194. — Deux bandeaux, même fond et mêmes broderies que
les portières précédentes, avec frange de soie assortie.
Haut. 55 cm. Larg. 1 m. 60.

195. — Deux portières fond cerise brodées en tonalités tendres,
rose et nie dominants, d'un joli massif de chrysanthèmes échevelés et d'oiseaux, doublées soie.
Haut. 2 m. 80. Larg. 1 m. 20.

196. — Deux bandeaux dans le même fond et la même broderie
accompagnant les portières ci-dessus.
Haut. 55 cm. Larg. 1 m. 30.

197. — Grande tenture en soie bleue décorée dans la partie
supérieure de deux paons au milieu des pivoines et

des fleurs de pêchers : la partie centrale est couverte de caractères écrits en vieil or, encadrés de trois bandes de paniers fleuris richement brodés en tons polychromes, doublée de soie saumon. Belle tenture du xviiiᵉ siècle.　　　　Haut. 3 m. 40. Larg. 2 m. 20.

198. — Grande tenture en soie vieux rouge décorée comme la précédente de caractères vieil or, encadrés dans le haut d'une réunion des dieux du bonheur surmontant le môn du bonheur, et tout autour de personnages et de temple en broderie finement nuancée. xviiiᵉ siècle.
　　　　Haut. 4 m. 50. Larg. 3 m.

199. — Grande tenture en velours épinglé représentant au premier plan un daim et une biche dans un sous-bois de sapin avec une jolie perspective de rivière se perdant dans le lointain — dans la partie supérieure une cascade et un petit bois de sapins dans la brume du matin. Tonalités noire et bistre. Jolie pièce très décorative.　　　　Haut. 2 m. 25. Larg. 1 m. 50.

200. — Coussin double face en soie violet évêque brodé de deux médaillons de chauves-souris chimériques, entourées de dragons dans les nuages.　　　　Dim. 55 cm.

201. — Petit rond en soie brochée rehaussée de broderie d'or, représentant le dragon impérial au milieu des nuages (Gobelin chinois xviiᵉ siècle).　　　　Diam. 30 cm.

202. — Carré du même travail représentant un dragon au-dessus des flots. Même époque.　　　　Diam. 30 cm.

203. — Quatre ronds du même travail, sur fond or, représentant des vases de fleurs entourés des huit symboles bouddhiques. Très belles pièces du xviiᵉ siècle. Diam. 34 cm.

204. — Deux carrés d'étamine bleue décorés en broderie filigranée or et argent de deux dragons se menaçant. Finement exécutés.

205. — Ceinture de soie bleue, portant un anneau de jade blanc d'où tombent des pendeloques, joliment montées en filigrane or et argent, composés de corail, jade, ivoire et petites perles véritables.

ALBUMS ET PEINTURES

206. — Très beau recueil de prières comprenant quatre-vingt pages de caractères merveilleusement dessinés en or sur fond laque noir. Une gravure représentant une divinité bouddhique mi-effacée. Très belle couverture en bois finement sculpté décoré en relief, des huit symboles bouddhiques. Japon.

207. — Autre recueil de prières en caractères d'or finement exécutés comprenant deux pages de gravure représentant, la première Amida sur son siège de lotus, entouré de quatre disciples, au milieu des nuages, la deuxième une divinité bouddhique, toutes deux en parfait état de conservation. Couverture bois portant le titre « Recueil de prières » en caractères or. Japon.

208. — Livre à couverture de bois richement sculptée et incrustée de caractères de jade, contenant onze très belles miniatures, représentant des personnages bouddhiques priant ou travaillant. Très joli recueil.

209. — Kakémono sur soie ancienne brochée d'or, représentant une divinité thibétaine assise sur un tabouret d'une grande richesse de décor. L'autel est entouré de nuages en douces tonalités et de touffes de pivoines, joliment nuancées. Rehauts d'or. Peinture thibétaine.

210. — Kakémono. Peinture sur papier représentant deux lapins blancs finement traités, à l'abri d'un arbre en fleurs. Peinture chinoise XVIIIe siècle. *Signé* : Fou-tën.

211. — Trois jolis panneaux de satin crème brodés en soies polychromes décorés d'attributs, d'objets d'art, etc. Format kakémono.

212. — Peinture chinoise montée en kakémono, représentant une réunion de divinités bouddhiques au milieu d'un

parc, les unes lisant, les autres se promenant, etc. Peintnre par Shoun-stsïn-Yone, datée 1802.

213. — Peinture chinoise montée en kakémono représentant des divinités bouddhiques. xviiie siècle.

214. — Numéros omis.

ÉVREUX, IMPRIMERIE CHARLES HÉRISSEY, PAUL HÉRISSEY, SUCC^r